# LE SECRET DU SPAGHETTI MOU

Cervantès le cacatoès 2

# LE SECRET DU SPAGHETTI MOU

texte de Lucie Papineau
illustrations de Dominique Jolin

*pour Prottopo, avec*
*quatre-vingt-dix-neuf mille gros bisous*

Les Éditions du Boréal remercient le Conseil des Arts du Canada
ainsi que le ministère du Patrimoine canadien et la SODEC
pour leur soutien financier.

Illustrations : Dominique Jolin.
Tramés des illustrations : Color Ink.


Dépôt légal : 1er trimestre 1998
Bibliothèque nationale du Québec

Diffusion au Canada : Dimedia
Distribution et diffusion en Europe : Les Éditions du Seuil

*Données de catalogage avant publication (Canada)*
Papineau, Lucie

Le Secret du spaghetti mou

(Boréal Maboul)

(Cervantès le cacatoès ; 2)

Pour enfants.

ISBN 2-89052-890-1

I. Jolin, Dominique, 1964- . II. Titre. III. Collection. IV. Collection : Papineau, Lucie. Cervantès le cacatoès ; 2.

PS8581.A665S42 1998 jC843'.54 C98-940111-1
PS9581.A665S42 1998
PZ23.P36Se 1998

# 1

# LA DULCINÉE DE CERVANTÈS

— Rrrronflou ! Rrrronflou !

Doucement, j'ouvre les rideaux fleuris qui recouvrent la cage de mon cacatoès. Cervantès, le seul cacatoès ronfleur du monde entier.

Bien. Une autre super-journée s'annonce…

— Cervantès, Cervantès le cacatoès !

À peine réveillé, Cervantès hurle son nom dix-sept fois de suite. Puis il dresse sa huppe jaune et ballotte sa queue en grimaçant. Enfin, il cogne sur la porte de sa cage avec son bec.

— Oui, oui, Cervantès. Je t'ouvre !

Dès que la porte est ouverte, mon perroquet déploie ses ailes. Il pousse des cris hyper-stridents en langage de cacatoès. Il traverse le salon en deux coups d'ailes. Il danse la danse du ventre la tête en bas, accroché au lustre de la salle à manger. Puis il attaque les fils électriques, qui ressemblent presque à des spaghettis. Et les spaghettis, pour un cacatoès, ressemblent tout à fait à des vers-de-terre-extra-longs-et-supermaigres. Miam !

Oui. Une autre super-journée vient de commencer.

Maman sort de sa chambre en robe de

chambre. Cervantès, après un magnifique vol plané, atterrit directement sur sa tête. Elle ne réagit même pas. C'est qu'elle a l'habitude de se promener avec un cacatoès dans le toupet. Normal : maman est la dulcinée adorée de Cervantès le cacatoès.

Elle se dirige vers la cuisine en bâillant. Elle ouvre la porte du frigo. Elle prend une nouille cuite et l'agite sous le bec de Cervantès. Sans attendre, mon oiseau fonce droit sur le spaghetti-ver-de-terre. Maman le sait bien : c'est la seule chose qui peut le faire sortir de son toupet.

Cervantès joue au lasso avec la nouille. Il en a pour une bonne demi-heure de plaisir. Le temps, pour nous, de prendre notre déjeuner.

La super-journée continue. Pourtant, maman me regarde avec un drôle de regard. Son regard de maman qui aimerait que sa petite fille soit déjà une grande fille.

— Qu'est-ce qu'il y a, maman ? Tu as mal dormi ?

— Un peu. Cervantès a ronflé comme un pompier. Mais ce n'est pas grave, j'ai l'habitude. Lolita, ma chérie, tu sais quel jour on est aujourd'hui ?

Je réfléchis en regardant Cervantès faire une boucle, avec ses pattes, dans le spaghetti mou.

— On est le 14 février, maman. Je le sais en titi parce qu'on a découpé des centaines de cœurs rouges dans du papier rouge à l'école. C'est la fête des amoureux, aujourd'hui.

Je regarde Cervantès, qui joue maintenant au hula hoop avec son spaghetti blanc. C'est sa fête ce matin ! Je le sais parce que c'est lui, l'amoureux de maman.

— Lolita...

— Oui ?

— Jean-René va venir me chercher ici, ce soir. Il m'emmène au restaurant pour la Saint-Valentin. C'est romantique, non ?

Je ne réponds rien du tout. Dans ma tête, je dis : Ah non ! Pas lui. Pas l'affreux prétendant de ma mère... Non et non. Qu'est-ce qu'on va faire tout seuls, Cervantès et moi ? Entièrement seuls pour la fête des amoureux ! Ce n'est vraiment pas romantique, ça.

Maman, comme d'habitude, lit un peu beaucoup dans mes pensées.

— T'inquiète pas, mon poussin. Grand-papa va venir te garder.

Bon. C'est pas si mal. Avec grand-papa Pinotte, c'est plutôt moi la gardienne. Mais je ne le dirai jamais à maman. C'est beaucoup trop amusant !

— Cervantès, Cervantès le cacatoès !

Comme son spaghetti est déjà complète-

ment réduit en bouillie, Cervantès crie son nom deux fois et s'élance vers sa dulcinée. Il se pose sur sa tête et lui arrache six ou sept cheveux. Ça va, elle a l'habitude. Il avale ensuite trois flocons de ses céréales. Ça va, elle a presque l'habitude. Puis il tire de toutes ses forces sur sa boucle d'oreille. Woups…

Rouge comme un cœur en papier rouge, maman crie :

— Au secours ! Enlève-moi cette *chose* de là, tout de suite !

# 2

# Le rival de Cervantès

Toc toc toc.

On cogne à la porte. Ce n'est sûrement pas Cervantès. Lui, il cogne à la fenêtre avant d'entrer. Comme tous les oiseaux. Ce n'est pas non plus grand-papa, puisqu'il joue au paquet voleur avec moi.

C'est évidemment Jean-René. L'affreux prétendant de ma mère, le rival de Cervantès. En avance, en plus.

— Tu vas ouvrir, ma Lolotte ? demande mon grand-père.

Grand-papa Pinotte devient toujours vieux et gâteux quand c'est le temps de faire quelque chose de moche. Ou d'affreux.

Toc toc toc.

Ça recogne.

— J'y vais, grand-papa.

Je marche à reculons jusqu'à la porte. Je l'entrouvre de deux centimètres. Et je me retrouve devant un énorme bouquet de fleurs.

— Bonjour, Lolita, dit Jean-René en louchant entre deux ridicules roses rouges.

— Bonjour, monsieur, que je réponds en regardant par terre.

— Lola, euh... je veux dire ta jolie maman est-elle là ? demande-t-il d'une voix essoufflée par nos cinq étages d'escaliers.

— Non, elle n'est pas là.

Je ferme la porte.

— Lolita ! Mais qu'est-ce que c'est que ces manières ?

Grand-papa Pinotte, oubliant soudain qu'il est vieux et gâteux, fonce vers moi.

Il ouvre la porte en coup de vent.

— Lola sera là bientôt, Jean-René. Entrez, faites comme chez vous…

Mon grand-père prend le soupirant à la

gomme par le bras et l'invite à attendre maman au salon. Il lui apporte un verre de mon jus de carotte préféré. Le traître. Il lui fait même la conversation, le félon.

Jean-René raconte qu'il a attendu l'ascenseur au moins quinze minutes avant de finalement prendre l'escalier. Grand-papa ne lui dit pas que cet ascenseur préhistorique ne fonctionne plus depuis des années. Comme ça, Jean-René poireautera encore comme un vilain poireau, la prochaine fois. Grand-papa Pinotte remonte un peu dans mon estime.

L'affreux prétendant me donne l'énorme et ridicule bouquet pour que je lui trouve un vase. Je cherche en me traînant les pieds. Qu'est-ce que je pourrais bien trouver

d'assez hideux pour y mettre les fleurs nulles de Jean-René ?

Ça y est, j'ai une idée ! J'ouvre la porte de l'atelier de maman. Depuis une semaine, elle confectionne des costumes de sorcières pour une pièce de théâtre. Un théâtre de marionnettes, en plus !

Son atelier est rempli de chapeaux poin-

tus, de balais miniatures, d'araignées en plastique poilues et de crapauds verts baveux. Je m'empare du chaudron cabossé de la sorcière Cabosse. C'est un véritable chaudron géant pour une sorcière-marionnette ! J'y plante le bouquet. Bien croche. Puis je cache une araignée, bien velue, entre deux pétales, bien moches.

Satisfaite, je retourne au salon. On doit toujours garder un œil sur l'ennemi.

— Tu as trouvé un vase assez grand pour les fleurs de Jean-René ? demande grand-papa Pinotte.

— Oui, oui... j'ai trouvé le vase parfait : le chaudron cabossé de Cabosse la sorcière !

Grand-papa attrape un peu le fou rire. Ça doit être l'émotion... Ça lui arrive toujours au mauvais moment ! En même temps, on entend un hurlement dans le corridor. Jean-René fait un saut digne d'un crapaud vert baveux.

— Ne vous en faites pas, dit grand-papa. Ce n'est pas une sorcière. C'est notre cacatoès... Il crie toujours comme ça ! Il fait

partie de la famille, vous savez. On ne voudrait pas s'en séparer pour tout l'or du monde.

Je regarde le plafond avec un grand sourire. Je n'ai pas du tout l'intention d'aller calmer Cervantès avec un spaghetti mou. Une Lolita pas trop sage, un grand-père vieux et gâteux et un cacatoès hurleur en liberté, ce sera peut-être trop pour un aspirant beau-père. Beaucoup trop.

Enfin… espérons-le !

# 3

# Le bouquet de Cervantès

Pendant que mon cacatoès vole de long en large en criant son nom, grand-papa Pinotte raconte des tas de trucs de l'ancien temps à Jean-René. Histoire de prouver qu'il est bien vieux et gâteux.

Moi, je découpe des cœurs en papier rouge et je les colle sur tous les meubles du salon. À l'envers. J'en mets aussi sur les souliers du prétendant, puis sur le bas de son pantalon.

Décidément, la soirée s'annonce aussi super que la journée.

Souriant de toutes ses quelques dents, grand-papa parle de sa passion pour le paquet voleur. Jean-René sourit aussi. D'une drôle de façon. Je crois qu'on appelle ça un sourire jaune. Un sourire de plus en plus crispé à mesure que mes petits cœurs collants montent vers ses genoux.

— Dans ma jeunesse, dit grand-papa, j'étais vraiment champion au paquet voleur. J'avais même inventé la seule formule vraiment magique qui fait gagner aux cartes.

— Ah oui ? demande Jean-René en ouvrant des yeux ronds.

— Ah oui ! que je réponds en ajustant un petit cœur sur son mollet gauche. Mais grand-papa Pinotte est trop vieux, maintenant. Il ne s'en souvient plus.

— Je crois pourtant que ça me revient, murmure mon grand-père, l'air inspiré.

Il se lève d'un bond, les bras au ciel, et se met à réciter :

*Spaghetti mou, spaghetti doux, spaghetti fou*
*bave de crapaud, poil de souris*
*œil de chameau*
*Tighetspa mou, tighetspa doux, tighetspa fou*
*dent de vipère, patte d'araignée*
*on va gagner !*

Pendant qu'on éclate de rire, Jean-René manque de s'étouffer en avalant son jus de carotte de travers. C'est qu'il vient d'apercevoir Cervantès. Ou plutôt la rose à la tige cassée en trois qui pend du bec de Cervantès.

Sans dire un mot, mon cacatoès traverse la pièce d'un coup d'ailes. Arrivé juste au-dessus du divan, il crie à tue-tête :

— Cervantès, Cervantès le cacatoès.

Du coup, la rose tombe sur les genoux de Jean-René, qui a maintenant la bouche ouverte en plus d'avoir les yeux ronds. Cervantès s'accroche au lustre du salon la tête

en bas. Il danse un peu la danse du ventre. Puis il s'envole plus vite que son ombre. Direction : l'atelier de maman.

Je le suis en courant. Après tout, quelqu'un doit bien se sacrifier pour constater les dégâts.

Comme c'est romantique ! Mon cacatoès a recouvert le plancher de pétales de roses ! Il ne reste que des tiges chauves et une araignée en plastique dans le chaudron cabossé. Un vrai bouquet de sorcière !

Jean-René s'approche avec une tête d'enterrement. Il laisse échapper un énorme soupir. Il a vraiment l'air découragé. Une Saint-Valentin sans bouquet de fleurs, ce n'est pas une vraie Saint-Valentin, n'est-ce pas ?

Cervantès, lui, semble tout à fait ravi. Il

se roule dans les pétales de roses, dans les araignées en plastique, les faux yeux de chameau et les presque vraies dents de vipère.

Jean-René se tape soudain le front.

— Mais c'est vrai, il y a un fleuriste juste au coin de la rue. Je cours acheter un autre bouquet et je reviens dans deux minutes !

Et l'affreux prétendant, sa bonne humeur retrouvée, traverse le corridor à toute allure. Il vide d'un trait son verre de jus de carotte, puis disparaît derrière la porte.

En tournant treize fois la clef dans la serrure, je dis :

— Pourvu qu'il disparaisse et ne revienne jamais !

# 4

# Cervantès passe à l'attaque

Les deux minutes de Jean-René se sont multipliées par trois, puis par sept, enfin par treize. Pourtant, l'affreux prétendant n'est toujours pas de retour.

Souriant de presque toutes mes dents (il m'en manque deux), je dis :

— Le prétendant s'est envolé comme je l'avais souhaité. On l'a eu, grand-papa, il ne reviendra plus !

— Ne dis pas ça, répond mon grand-père avec les sourcils froncés. Ta mère va être là d'une minute à l'autre. Elle va être contente, tu crois, si on lui dit que Cervantès a bouffé son bouquet et que son prétendant s'est envolé à tout jamais ?

Je n'ai pas besoin de réfléchir longtemps pour répondre :

— Zut ! Quand elle va savoir ça, elle va nous étriper !

— Je crois plutôt qu'elle va étriper Cervantès. N'oublie pas que c'est lui qui a transformé le bouquet de Saint-Valentin en bouquet de sorcière...

Grand-papa regarde par la fenêtre. Aucune trace de Jean-René. Il ouvre la porte et crie son nom dans le corridor. Pas de réponse. Je descends et remonte les cinq étages en un temps record. Pas le moin-

dre petit bout de prétendant. Ni même de bouquet.

La mort dans l'âme, nous rentrons dans le salon.

— Si Jean-René ne revient pas, dit grand-papa, je sais ce qui va arriver... Cervantès va se retrouver à la SPCA !

Comme s'il sentait qu'on parle de lui, mon cacatoès surgit de sa cachette dans la cheminée. Ça alors ! Il a changé de couleur ! Il est tout noir, exactement comme une vieille et horrible corneille de sorcière. En plus, il traverse le salon en volant d'une bien étrange façon.

Oh ! entre ses pattes, j'aperçois quelque chose. C'est un tout petit balai. Le balai miniature de la sorcière Cabosse ! Cervantès crie son nom, puis éclate d'un rire caverneux.

Mais oui… j'aurais dû m'en douter : Cervantès est un cacatoès sorcier ! Quand il ne joue pas au lasso avec des spaghettis, il se balance la tête en bas, il arrache les pétales des roses, ou alors il se métamorphose en corneille et il vole sur un balai !

Après un vol plané digne d'une vraie sorcière, Cervantès se pose sur la table à café. Juste à côté du verre de Jean-René. Avec son bec, il essaie d'atteindre quelque chose. Quelque chose qui flotte dans les dernières gouttes de jus de carotte.

Grand-papa Pinotte l'attrape par les plumes du cou. Puis il prend le verre pour me le mettre directement sous le nez.

— Tu vois ce que je vois ? demande-t-il.

Au fond du verre, il y a une patte d'araignée, un poil de souris, un œil de chameau et une dent de vipère. Puis un peu de bave de crapaud. Fausse, mais quand même... Bref, c'est un mélange qui a tout l'air d'une vraie potion magique de sorcière !

Catastrophe de catastrophe !

— C'est sûrement Cervantès qui a fait ça, dit grand-papa. Il n'arrêtait pas de voler de long en large dans la maison, pendant que Jean-René était là !

Mais oui... il a dû trouver ses ingrédients de sorcier dans l'atelier de maman ! Puis il les a laissés tomber dans le verre de Jean-René. Normal que je n'aie rien vu, j'étais trop occupée à coller des petits cœurs sur ses genoux !

— Grand-papa ?

— Oui, ma Lolotte.

— Je sais ce qui est arrivé à l'affreux, hum… au pauvre prétendant. D'abord tu as récité une formule magique à moitié oubliée. Ensuite il a bu le jus de carotte que

Cervantès a transformé en potion de sorcière. Puis, comme si ce n'était pas déjà assez, j'ai tourné treize fois la clef dans la serrure en souhaitant qu'il ne revienne plus jamais. Cervantès est un cacatoès-sorcier, grand-papa. Il a exaucé mon souhait !

Grand-papa Pinotte, tout blanc, s'assoit sur le divan. Cervantès tourne autour de sa tête en volant sur son balai. Noir comme un mauvais sort.

Grand-papa Pinotte, tout rouge, attrape le fou rire. Ce n'est pas parce qu'il est vieux et gâteux… Non, c'est juste l'émotion !

# 5

# LE SECRET DE CERVANTÈS

Maintenant que grand-papa a retrouvé une couleur à peu près normale, je lui dis :

— Réfléchissons. Toi, moi et Cervantès, nous avons fait disparaître le prétendant. Toi avec une formule, moi avec un souhait, Cervantès avec une potion. C'est donc à nous de trouver la solution. Une solution magique !

— Si au moins je me souvenais de la formule, continue mon grand-père. Tu pourrais alors souhaiter que Jean-René revienne.

Et Cervantès, lui, pourrait... eh bien, il pourrait faire quelque chose !

Pendant de longues et terribles minutes, nous cherchons sans rien trouver. Pas le moindre petit bout de mot. Le blanc total.

Et puis tout à coup, un déclic ! C'est la clef qui tourne dans la serrure.

Woups... voilà maman. Grand-papa et moi, nous sourions jaune. C'est Jean-René qui nous a montré comment ! Pourtant, maman ne s'aperçoit de rien. Elle nous embrasse sur le nez et se dirige vers son atelier. Vite, il faut faire quelque chose !

Je m'accroche à sa jupe.

— Tu as vu, maman, comme c'est romantique ? Ton plancher est recouvert de pétales de roses pour la Saint-Valentin !

Comme elle n'a vraiment pas l'air certaine d'aimer ça, j'ajoute :

— C'est Jean-René qui t'a préparé cette surprise. Il est allé au dépanneur, il sera là dans deux minutes...

Maman papillonne des yeux. Elle rosit même de plaisir devant les pétales de son prétendant. Et elle se précipite dans sa chambre pour se préparer.

Moi, je vole vers le salon.

— Alors, grand-papa, tu l'as retrouvée, la formule ?

Il hoche la tête, déçu d'être aussi vieux et gâteux. Je hausse les épaules, catastrophée. Pourquoi avoir dit à maman que Jean-René serait là dans deux minutes ?

— Cervantès, Cervantès le cacatoès !

Mon cacatoès-corneille zigzague sur son balai et se pose sur l'épaule de grand-papa. Il ballotte sa queue, chante et danse un peu, puis colle une nouille cuite sur son nez.

— Cervantès ! Tu pourrais nous aider au lieu de faire des folies...

Rouge comme un homard trop cuit, mon grand-père lance la nouille sur la table. Cervantès s'envole, la rattrape et la colle sur mon nez, cette fois.

Je lance la nouille sur le plancher.

— Je n'ai pas le temps de jouer avec un spaghetti mou ! que je dis, fâchée.

— Spaghetti mou ? demande mon grand-père. Tu as dit spaghetti mou ?

Sans plus rien dire, nous regardons Cervantès. Il s'approche du spaghetti, puis, doucement, il y frotte sa joue.

— Spaghetti doux ! ajoute grand-papa.

Cervantès se met à jouer au hula hoop avec sa nouille. Je m'écrie :

— Spaghetti fou !

— C'est ça, dit grand-papa. C'est la formule magique ! Et ensuite, Cervantès ? Qu'est-ce qui vient ensuite ?

Mon cacatoès s'envole vers le verre de potion magique. Il essaie d'attraper quelque chose avec son bec. Les ingrédients de la potion magique... Ce sont eux qui composent la formule ! Ça ne peut être que ça !

On ne peut plus attendre. Grand-papa Pinotte doit réciter la formule.

Les bras au ciel, il commence :

*Spaghetti mou, spaghetti doux, spaghetti fou*

Il regarde dans le verre et ajoute :

*bave de crapaud, poil de souris*

*œil de chameau*

Cervantès, accroché la tête en bas au lustre du salon, joue avec sa nouille. Mon grand-père le regarde d'un air interrogateur. Je chuchote dans son oreille :

— Le spaghetti mou est à l'envers, grand-papa... À l'envers !

En souriant, il continue :

*Tighetspa mou, tighetspa doux, tighetspa fou*
*dent de vipère, patte d'araignée*
*on va gagner !*

Je tourne la clef treize fois dans la serrure. Puis je fais ce souhait :

— Pourvu que Jean-René revienne, et ne disparaisse plus jamais !

# 6

# L'AMOUR, C'EST MAGIQUE !

Grand-papa et moi, nous sommes debout devant le corridor vide.

— Ça n'a pas marché, chuchote-t-il.

— Comment trouvez-vous ma robe ? lance maman, apparue soudain devant nous.

Pas le temps de répondre. Vif comme un éclair noir, Cervantès fonce vers elle. Ah zut ! il ne va pas encore se catapulter dans son toupet ! Mais non. Il sort de l'appartement et continue dans le corridor. Il tourne à droite. Crie son nom. Lâche son petit balai sur le tapis gris.

Il appuie alors sur le bouton du vieil ascenseur avec son bec. On entend une série de bruits rouillés et grinçants. Exactement comme un rire de sorcière. On se regarde

tous avec de grands yeux, sans rien dire. Et enfin la porte s'ouvre, laissant apparaître un énorme bouquet de marguerites.

Maman semble encore plus estomaquée que nous.

— Mais qu'est-ce que tu fais là, Jean-

René ? Cet ascenseur ne fonctionne plus depuis au moins cinq ans !

— Ça fait une heure que je suis enfermé en bas ! La porte s'est ouverte tout de suite quand j'ai appelé l'ascenseur. Je suis entré, la porte s'est refermée... et puis plus rien. Le noir total. J'ai cogné, crié, mais personne ne m'a entendu. Et puis, tout à coup, les lumières se sont mises à clignoter et l'ascenseur s'est mis à monter ! Tu es certaine qu'il ne fonctionnait plus ? C'est à n'y rien comprendre...

Grand-papa, ni vieux ni gâteux, décide de détourner la conversation.

— Comme c'est romantique ! s'exclame-t-il. Jean-René a volé vers toi pour t'apporter tes fleurs. L'amour, c'est magique !

Maman, toute rose, prend l'énorme bouquet dans ses bras. Timide, elle baisse les yeux… et aperçoit les cœurs en papier rouge sur les souliers de son prétendant. Puis ceux, à l'envers, qui montent jusqu'à ses genoux.

Un peu plus haut, elle découvre Cervantès, tout noir de suie de cheminée. Il a repris son balai et tournoie au-dessus de Jean-René. Il ricane comme une vraie sorcière. Puis il laisse tomber une fausse dent de vipère sur la tête du prétendant, qui sursaute comme un crapaud vert et baveux !

Grand-papa attrape aussitôt le fou rire. Bientôt suivi par Cervantès et moi, enfin rejoint par maman.

Je crois bien que le fou rire, euh… plutôt l'émotion, c'est de famille !

# ÉPILOGUE

Le plancher du salon est maintenant recouvert de pétales de marguerites. Ils sont un peu noircis de suie de cheminée, mais c'est tout de même très très romantique.

Quand maman reviendra, je lui expliquerai tout.

Cervantès a effeuillé les marguerites par amour pour elle. Chaque pétale arraché lui disait : elle m'aime un peu, beaucoup, énormément, à la folie. Comme dans les vieux films en noir et blanc que grand-papa aime tant.

Oui, vraiment, l'amour, c'est magique ! Grand-papa l'a dit, Cervantès l'a prouvé et moi… eh bien, je vais devoir l'expliquer à maman.

Après tout, c'est elle qui a ensorcelé Cervantès !